U0933196

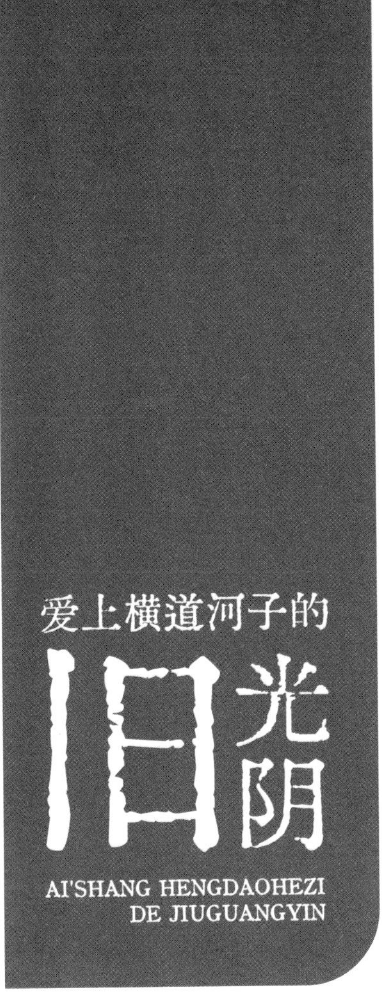

爱上横道河子的旧光阴

马如营　陈菡英　主编

中国文史出版社

图书在版编目（CIP）数据

爱上横道河子的旧光阴 / 马如营，陈菡英主编. --
北京 : 中国文史出版社，2021.7
ISBN 978-7-5205-3054-5

Ⅰ. ①爱… Ⅱ. ①马… ②陈… Ⅲ. ①游记－作品集－中国－当代 Ⅳ. ①I267.4

中国版本图书馆 CIP 数据核字(2021)第 124659 号

责任编辑：全秋生

出版发行：中国文史出版社
地　　址：北京市海淀区西八里庄路 69 号　　邮编：100142
电　　话：010－81136602　　81136603　　81136606（发行部）
传　　真：010－81136655
印　　装：廊坊市海涛印刷有限公司
经　　销：全国新华书店
开　　本：787×1092　　1/32
印　　张：7.625　　字数：168 千字
版　　次：2021 年 8 月北京第 1 版
印　　次：2021 年 8 月第 1 次印刷
定　　价：48.00 元

目
录
CONTENTS

浅酌驿站

◎马如营

如果有人问我，假如你累了，假如你受伤了，该去哪里休养生息呢？那我会毫不犹豫地告诉你，去中国的“东北虎之乡”——横道河子俄罗斯小镇吧。

一条小河清澈得像少女的眸子，她柔情地将

民俗主人用一段中东铁路的铁轨加工制造出具有纪念意义的门牌号

坐在惬意的耳房里，阅读下午曼妙的时光。

小镇一分为二。过了廊桥，沿水泥或砂石相间的窄窄仄仄的巷道，向西南隅前行，便会来到一个叫“振兴路 100 号”的地方，它是一家极具俄式风情的驿站，一处感情宣泄抑或静默的民宿。

在这家充满异国情调的驿站里，特别是在落雪的黄昏，在舒缓的《莫斯科郊外的晚上》氤氲的音乐里，围着柴火正旺的壁炉，端起那杯红酒，世界瞬间静谧了，仿佛要窒息。是的，要有一点莫名其妙的伤感、惆怅，这样才能烘托气氛，与置身的环境所搭配。这时，你会想起蒙莱托夫那句名言：我不是什么，我不要什么，能够表达我心声的，唯有火红的文字。

外部墙体黄白相间的驿站，百年前是中东铁路护路军军官住宅，百年之后，它被一对爱好美食的夫妇改造成很有感觉的民宿。仅有三间客房

无处不在的俄式点缀

绿油漆的窗棂，恰到好处地烘托出俄式民居的特点。

的民宿里，摆满了俄式老物件。床、壁炉、衣柜、门窗、锁件、把手、地板、沙发、浴缸等细节，无不折射出俄式的原汁原味，让入住游客有到了俄罗斯的错觉。

坐在宽厚木板搭建的耳房子里，蓝油漆的窗子，就像一扇扇田字格，既叠加出俄罗斯建筑的美，又恰到好处地舒缓了视觉疲劳，让你透过玻璃向外冥想，想那些该想、不该想的经年往事，一任幸福或者痛苦的泪水滑落。这时，就会有了诗意，借街衢阑珊的灯火，听老中东铁路过往的火车汽笛，赏“晚来天欲雪的”气象，解析“能饮一杯无”的独白。如果想象进一步放任自流，这时推门而入的“风雪夜归人”是一位邂逅的红颜，“绿蚁醅新酒”浅酌的醉点一定比“南泥小火炉”还要酣畅淋漓。

你见，或者不见我

我就在那里

不悲不喜

你念，或者不念我

情就在那里

不来不去

你爱，或者不爱我

爱就在那里

不增不减……

今夜，和我们在横道小镇浅酌的不仅有明月清风，还有这个叫仓央嘉措的人。

火车拉来的小镇

◎赵欣华

在中国北方，始建于19世纪的铁路小镇——横道河子镇以其完整的保护方案成功地实现了铁路建筑、基础设施和附属公共空间的全面保护。充分呈现了对小镇区位和功能的完美诠释，该项目不但复原了小镇原始风貌，更使得小镇作为历史城镇工业景观重新焕发了活力与精神。

——这是黑龙江省海林市横道河子镇荣获2018亚太地区文化遗产保护荣誉奖时评审专家的评价。

黑龙江横道河子，这座被称为“火车拉来的

横道河子域内的高速公路、高速铁路，以及老中东铁路编制成的交通网，为游客出行带来了便捷。

小俄罗斯”，曾低调地登上过《美国国家地理》。但对于它，你可能不够了解。

中国历史文化名镇、国家特色景观旅游名镇，被冠以这样殊荣的横道河子镇因中东铁路而诞生，经历过百年的喧嚣，经历过悠然的沉寂，这座群山环抱中的小镇淡然看待一切。200 余座保存完好的俄式建筑，每一座都可书写一段往事。

中东铁路机车库建筑，像一台拉开的手风琴，在这幽静的山间里，弹奏着如诉如泣的弦律。

当时中东铁路要穿过张广才岭，为了给翻山机车提供维护与给养，横道河子作为一个大型后勤基地应运而生。大批俄国工程技术人员来到横道河子，中东铁路在这里建造了大批风格独特的俄式建筑给他们提供办公与居住场所。

随之俄国人相应地建起东正教堂，这座教堂

是全国唯一保存下来的木质教堂。当时这里也形成了商贾云集的繁华，曾经拥有“花园城镇”的美誉。

没有了战争，教堂的钟声也远去了，可这些俄式古屋却仍然显示着小镇异域风情的存在。

现在横道河子小镇的人依然喜欢喝啤酒、果酒和烈性白酒，喜欢吃火腿肠、面包和果酱，这里的女人冬天也习惯穿裙子，人们的生活仍旧带有俄罗斯民族的习俗。

俄罗斯老街位于横道河子镇镇区，以 301 国道为界，分为北区和南区。南区面积较大，居民点集中，也是镇政府所在地。顺着“俄罗斯老街”的石碑走进去，一栋栋的俄式老房子沿路排开。老街是俄式石屋比较集中的地方，这些俄罗斯老屋主体结构保持尚好，高约两米的房门、宽宽的门边、突出的门廊，处处体现着俄式建筑的独特魅力。

大白楼其实并不白，而是有些泛黄的风格独特的二层白色俄式砖瓦结构的办公住宿楼，当地人称为“大白楼”。大白楼是当地比较大的建筑，是1903年为修建中东铁路的专家、技术人员建造的办公及住所。建路专家及技术人员撤走以后，成为中东铁路办公处，因其为办公住宿场所，所以一直保护很好。

从20世纪50代开始，就不断有独具慧眼的画家踏进这个小镇。近年海林市在小镇里专门为各地来的画家建立了中国横道河子油画村，这里成了鲁迅美术学院等7所高校的美术实训基地。

在这里，每年都会举办写生创作、展览、交流、研讨等活动，提升广大美术工作者创作水平，推广油画艺术。可以说，横道河子的油画村，在油画的推广和发展史上，有着不可磨灭的功劳。

横道河镇拥有世界最大的东北虎繁育中心——东北虎林园。园内山峦起伏、山风呼啸，是东北虎生存的极佳环境。目前，虎园已放虎10只，作为野化训练的第一批“学员”，它们将在这里开始全新的生活，以达到最终能够充分展示其自然属性的目的。游人可在看台、缆车上一睹“百兽之王”的凛凛虎威。

威虎山影视城是中央电视台与长春电影制片厂为拍摄24集电视连续剧《林海大英雄》而筹建的，也是中央电视台和黑龙江省电视台在东北唯一的影视拍摄基地。影视城中不仅有极具特色的东北乡村建筑，还有许多具有东北民俗文化色彩的饮食、娱乐项目等。

冬天的横道河子滑雪场，一片银装素裹，白雪皑皑，俨然成了天然的滑雪度假胜地。

横道子滑雪场占地面积 40 万平方米，雪道总长为 1800 米，分初级、中级、高级三部分，适合各种水平的滑雪爱好者来此滑雪。

横道河子，一个名不见经传的小镇，却承载着一段厚重的历史，在历史的长河中，安静地诉说着一段不一样的诱惑。

横道河子特殊的地理位置，最方便的出行方式是火车。从牡丹江到横道河子不到两小时，从哈尔滨到横道河子除了过去的绿火车外，每天还有多个对次的高铁开行。如果是自驾更方便，走哈牡高速，横道河子出口即可。

初识横道

◎马如营

不知什么原因，我对朝牡丹江方向走有出奇的好感，总觉得朝南的方向不仅温暖，而且有某种冥冥之中的遇见。过了虎峰岭，似乎就能闻到日本海的味道，眼前掠过川端康成作品中的许多的人物，像《雪国》中的叶子、岛村，《伊豆的舞女》中的环境描写，以及《千只鹤》画面般的情节。

大约是从 2004 年开始，因为工作顺畅，个人心情舒扬，每逢大礼拜，我就会登上从哈尔滨开往牡丹江的绿皮车，腋下夹一本世界名著，一边阅读书籍，一边悦赏风景，以此放飞自己的思绪。

那个夏天的周末，我在列车上邂逅了一名来自山东半岛的女孩，她和我一样，也是突发异想，一个人跑到黑龙江，说要去看横道河子的老建筑。女孩很苗条，白皙的脸上洋溢着美丽的微笑。

“横道河子有什么老建筑？”我不解地问女孩，“我怎么不知道？”

“你是黑龙江人么？”女孩抿嘴微笑，“那里有成片的俄罗斯老建筑，非常壮观。”

“那我还真不知道，孤陋寡闻。”我合上书，很羞赧的样子。

“要不你跟我在横道河子下车，一起去看看吧。”女孩调皮地歪着头。

一个墙角的构思，彰显建筑美学。

横道河子火车站就是一栋典型的俄式建筑，尽管我说不好它是“哥特式建筑”，还是“拜占庭式建筑”，无论从哪个角度看，都是一座经历了岁月沧桑而美貌不改的老建筑。

女孩说，你先不要惊叹它的美，往镇里走，还有更让你震撼的建筑呢。我问她，你怎么知道得这么详细？女孩捂嘴笑道，我是在这里出生的，14 岁随父母回到山东老家的。

那个夏天的整个下午，我随女孩轻盈的脚步，在她磁性声音的引导下，遍游横道河子俄式老街，参观了圣母进堂教堂、中东铁路老机车库、工程师住的大白楼、军官住的小洋房。

夜晚，我和女孩住进了一家旅馆。夏夜的横道河子，天空繁星闪烁，银河恢弘，虫鸟啾鸣，凉爽的空气没有丝毫燥热。

女孩推开窗子，捧着香腮，双肘杵在窗框上，遥望天际。

“横道河子美吗？”她扭脸问我，“不虚此行吧？”

“这些老建筑确实很美。”我从隔壁房间的窗口回答道，“就是太破败了，没人管理。”

白天，我在游历中看见，圣母进堂教堂——这栋国内最大的木质结构建筑，两个“尖角阁”耸立在教堂的顶端，不禁让人联想起霍桑的《七个尖角阁的老宅》；还有中东铁路机车库，这些俄式建筑，不仅建筑风格独特，而且是相当珍贵的文物，可惜疏于管护，油漆脱落，墙体开裂，门窗凋敝，像一个落魄的老人，在岁月的风雨中日渐衰老，最终成为历史文化的遗迹。

当然，女孩也有类似我这种遗憾。“不过，

在横道河子小镇，一切风景都围绕中东铁路和火车展开。

这里的人们迟早会认识并且保护这些老建筑的。”女孩隔窗说，“因为这些文物没有可复制性。”

那一年，我认识了横道河子。俄罗斯老街、王洛宾小屋，以及那一大片老建筑，仿佛走进了圣彼得堡那座城池。

王洛宾的故事

◎王喜平

自 1928 年开始，一代音乐巨人王洛宾就和这个大山深处的小镇紧紧地绾接在一起。在小镇的记忆里，在当代中国音乐史和世界音乐史上留下深远影响的王洛宾，一直是在车站上打着小旗迎送列车的铁路连接工，是那位吹拉弹唱样样精通的音乐天才，是一直痴迷于音乐学习和创作的翩翩少年。

听说 2015 年底横道河子镇建成了王洛宾纪念

馆，自然要去登门拜访。王洛宾纪念馆与中东铁路博物馆毗邻，站在中东铁路博物馆的停车场上远远看去，这座古色古香的老建筑宛如一架巨大的手风琴，正在气定神闲地舒展自己的腰身，在这座大山深处的小镇上演绎着中东铁路的百年沧桑变迁。

从这座巨大的“手风琴”的东侧绕到前院，便是王洛宾纪念馆。拐过墙角，前方一座挺拔烟囱下依稀便是早年的锅炉房，这是一座带着地下室的独栋俄式建筑。再向前走，这座俄式建筑向西开门，台阶上侧是一溜遮风挡雨的飞檐，飞檐下有一块古色古香的牌匾，上书“王洛宾纪念馆”几个大字。

走进纪念馆便迎着王洛宾的半身像，塑像的左边墙壁上满是这位音乐巨匠的荣誉证书。右侧

音乐与诗歌充盈于小镇

墙壁上悬挂着一幅中国地图，地图上标注着从北京出发到哈尔滨再到横道河子，从横道河子出发又至哈尔滨、北京又直指西北，把一个音乐巨人的人生轨迹在中国地图上简捷而恢弘地展示出来。

王洛宾，名荣庭，字洛宾，1913 年 12 月 28 日生于北京的一个油画匠家庭。他的祖父和父亲都非常喜欢音乐，父亲更是吹拉弹唱样样都行。在家庭环境的影响下，王洛宾在中学读书期间就参加了基督教堂唱诗班，并很快成了唱诗班的佼佼者。

1928 年 6 月，土洛宾的父亲因病去世。王洛宾从北京到哈尔滨的姐姐家报丧，经人介绍到横道河子车站成为一名铁路工人，据说是一直做“摆小旗”的列车连接工。在横道河子工作期间，还是中学生的王洛宾就与塞克、金剑啸、沙蒙等成为志同道合的朋友。当时他跟塞克学弹吉他，学习作曲知识和歌唱技艺，塞克也正是他走进艺术殿堂的向导与启蒙。说到王洛宾学习吉他，据说这种俄式七弦琴的“吉他”之名最早就是由塞克先生的中译文而来。这时期的王洛宾时常在哈尔滨和横道河子之间往来，深受当时侨居哈尔滨的俄侨音乐家戈里德施京以及特拉赫腾贝尔格、格尔施戈林娜等的熏陶和影响。塞克非常欣赏王洛宾的音乐才华，专门邀请他为自己自编自导自演的话剧《北归》谱写主题歌和插曲《北归》《离别情意》。王洛宾还为塞克的诗集《紫色的歌》中的第一首词《在海的那边》谱曲，并和塞克共同创作了《西巴扎尔夜歌》。

1931 年“九一八”事变后，王洛宾回到北京投身于爱国救亡的学生运动，进入北平师范大学艺术系学习，开始接受到正规的音乐教育，为他以后的音乐创作打下了坚实的基础……

王洛宾的人生堪称久经磨难，历尽坎坷。他执着于民族音乐之路，大半生都在西北边陲的少数民族地区度过，在青藏高原上的草原牧场和塞外大漠戈壁，处处留下了他体验生活的足迹。从哈萨克的牧场毡房，到维吾尔的绿洲果园，处处传送着他情真意切的歌声。他相继创作了 7 部大型歌剧，搜集整理及创作歌曲达 1000 余首。王洛宾就像一位少数民族的吟游诗人，深深地扎根于民众之中，深刻地体会民众的喜怒哀乐，努力汲取民间音乐的营养，极大地丰富了他的艺术修养，在音乐创作上取得了令人瞩目的巨大成就。他的《康定情歌》《萨拉姆毛主席》《达坂城的姑娘》《喀什噶尔舞曲》《青春舞曲》《阿拉木汗》《半个月亮爬上来》《依拉拉》《黄昏里的炊烟》《都他尔和玛丽亚》《暮色苍茫》《在那遥远的地方》《掀起你的盖头来》《亚可西》等等歌曲，在国内外广为流传，有许多歌曲被编入大学声乐教材。他将一生都献给了西部民歌的创作和传播事业，被人们尊称为“西北歌王”“民歌之父”，成长为一位享誉世界的音乐巨人。

王洛宾的爱情也是丰富多彩的，并且生动地反映到他的创作故事中。《曼丽》曾经一度被认为是港台歌曲，当年曾在知青群体中秘密传唱。实际上王洛宾的这首歌创作于20世纪30年代，歌中的女主角则是他最初的爱人杜明远（又名罗珊）。《在那遥远的地方》可追溯到1939年的夏天，在青海湖畔的金银滩草原，萨耶卓玛与王洛宾拍摄影片《祖国万岁》，当时萨耶卓玛扮演影片中的牧羊女，王洛宾扮演萨耶卓玛的帮工，相处三天，离别时王洛宾骑着骆驼离开金银滩，卓玛一直站在高处不停地向王洛宾挥手致意——在返回西宁的驼峰上，王洛宾用哈萨克民歌的曲调写出了《在那遥远的地方》这篇不朽之作。

走出纪念馆时，夕阳正好。沿着来时路往回走，看见广场上安静地斜立着一座大大的胡琴雕塑，仿佛有一位琴师刚刚成功演奏了一首曲子，中场休息了，又或者正有一位琴师即将上场，这把胡琴在这里静待琴师登场。

那位年轻的琴师，应该一直还在。

一条水街与『四色村庄』

◎陈菡英

我们到达七里地时，天色已经渐晚。

接待人员把我们一行三人安排在了“金沟水街”旁的民宿里。

金沟水街是七里地的“脉络所在”。从地势较低的坡下向上望去，一条瀑布从山上叮咚穿过，清澈的山泉水流淌到山脚，汇成了一个棒槌样的泉眼。

顺着金沟水街往下走，映入眼帘的都是古色古香、原汁原味的农家小院。农家小院复原了20世纪三四十年代东北农家的田园风格，别具特色。

潺潺的泉水在静夜里从山上流下，那美妙的水声是让心灵静下来的别样梵音。

这条水街，不光是复原了从前的样貌，还依原样增添了各种业态：有黑加仑工坊、横道豆腐坊、关里家面食坊、张记酒馆、山货铺、棒槌泉茶馆等等，这些都是结合七里地的特色和历史故事而打造的。游客可以在这里观民俗、赏美景、听故事，一下子就会让人找到身在浓浓的东北乡村感觉。

横道河子的豆腐、干豆腐远近闻名，七里地的豆腐更是一绝。这里每天生产的豆制品供不应求。多年前，村里、镇里有人尝试在北京、山东等地开店，但是做出来的水豆腐、干豆腐远远不及横道当地的口感。其实这是水质的差别。横道的水属于山泉水，小分子、弱碱性，富含人体所需的多重矿物质和微量元素，口感甘甜清洌，做

东北特色的味道犹如这一串串辣椒馥郁强烈

出来的豆制品自然口感鲜嫩顺滑。

水好，酒也自然就香。这里的酒采用古法酿酒工艺烧制，配上七里地的山泉水，口感醇厚、入口绵柔，烧制出来的酒有五粮烧，也有七梁烧。这酒喝上一口从脑门热乎到脚底，因此七里地的酒也称“七里香”。

在这自然与淳朴浑然一体的山脚下，有一个别具特色的餐厅叫“映

山红红色主题餐厅”。“映山红”是海林的市花，它象征着红军战士不服输的精神和坚定的信念，与“越是艰险越向前”的杨子荣精神相得益彰。

1926年，中共北满地委书记吴丽石派人到中东铁路东线牡丹江、海林、横道河子等地开辟党的工作。10月，在横道河子金沟屯吸收了8名伐木工人加入中国共产党，建立了东北地区较早、牡丹江地区第一个党支部——横道河子党支部。

“九·一八”事变后，周保中领导的抗联第五军、李延禄领导的抗联第四军多次在七里地村秘密集结，联合其他抗日武装力量，发动了著名的山市截击战、高岭子截击战等战役，给日军以沉重的打击。1943年，中共地下党员发动群众炸毁了运材专用线小火车道，焚烧了日伪在七里地村的老火锯场，重创日军。

用棒槌泉泡茶，养精蓄锐。

做手工面食的女工

抗日战争胜利后，杨子荣剿匪小分队活动于此地，并于1947年会合各地区5名战士聚集七里地制定侦察方案，为日后擒获土匪“座山雕”奠定了基础。

七里地是牡丹江地区红色第一村。为了更好地加强党史教育，纪念党的光辉历史，海林市委、市政府按照牡丹江市委关于把横道河子七里地村打造成党史教育基地的指示精神，在横道河子七里地村建立了海林党史馆。

海林市党史纪念馆基本保持90多年前成立党支部时候的样子。它是一个地道的木刻楞，古铜色的木质墙体、坚实的结构，岁月的风雨没有摧垮它，反而使它沧桑过后风采依然。

展馆共分三个部分四个展室，集中展示了从1903年中东铁路建成到1949年新中国成立期间，海林地区党组织重大历史事件。

这是一座俄国人建造的木刻楞建筑，已经有120多年的历史了。那时，地下党员们经常在这间老屋里秘密联络接头开会，不少工运斗争的积极主张是在这里酝酿而发出的，它成了横道河子的心脏，随着革命斗争的需要而跳动。百年之后，这幢老屋已成为那段历史的陈

开在七里地旅游村的染布坊

列室，满壁的文字和图片让人领略了它的岁月峥嵘与光荣历程，特别是门口那块党支部遗址的牌匾熠熠生辉，让人自然生出满目的景仰。

七里地是名符其实的“四色村庄”。

首先就是红色，因为这里记忆着许多的红色故事。众所周知的牡丹江地区第一个党支部就是红色的典型代表。1932 年李延青在这里组织了铁路工人游击队（东北地区最早的一支），在日军天野旅团经过高领子地区时，提前破坏铁路，然后带领游击队开展截击战，歼灭了田野少将和残留的日军，成为东北抗日历史上经典的铁路游击队战例。当前的七里地村延续了优良革命传统，党支部凝聚力强，民风淳朴，夜不闭户。

第二个就是绿色，七里地空气非常清新，负氧离子也特别高，据测算，这里每立方厘米达到 1.5

万个负氧离子。森林书吧就是依托这里绿水青山的好生态应运而成的。

第三个颜色是金色。这里有地产蜂蜜、煎饼等特色食物，冰凌花也具有药用价值。

第四个颜色就是白色。皑皑白雪造就了冰雪体验的特色旅游项目，雪白的豆腐和豆制品产业也是白色系列的延伸。

如今，七里地这个小村庄，继承并弘扬红色传统，坚定不移走“绿水青山就是金山银山”的发展道路，打造伪满老火锯旧址（木材加工）、日伪时期水利电站旧址、抗日联军密营旧址、杨子荣剿匪小分队营地旧址、抗联广场，成为远近闻名的“红色村”“富裕村”“特色村”。

2019 年 12 月七里地入选了第一批国家森林乡村名单，2020 年 8 月入选了第二批全国乡村旅

老物件搭建起来的时光墙，透出些许文化的味道。

礼品盒的包装，让普通的面食“快递”全国。

游重点村名单，2020 年七里地成为全国文明村。

在这美丽的小山村，青山依傍，绿水环绕，人民的幸福生活像花一样盛开，长久不败。

和阿尔小镇一样美好的油画村

◎陈菡英

“油画”和“村子”这两个词组合在一起，容易让人想起俄罗斯风景画大师列维坦旖旎的风景油画和梵高画出《星夜》的阿尔小镇。

列维坦的风景画一般以农村的平凡景色为题材，他的画笔赋予了大自然特殊的含义。不论是雨过天晴的天空、湿润的丛林、河面上停置的船舶，还是旧城的傍晚，都渗透出作者真挚的情感。

而梵高画出300多幅世界名画的法国阿尔小镇，也是一处古典建筑与小镇丰厚历史文化底蕴交相辉映的优美古镇。

横道河子有着和阿尔一样的黄房子、小桥和尖顶的教堂。它们别具特色的建筑风格和异域风

油画村是象征横道河子文化的符号

在油画村写生的学生

前面不远，就是长篇小说《林海雪原》中的威虎山。

情吸引了许多画家和摄影家来这里写生和摄影。因此，油画村就诞生了。

法国的阿尔小镇，土地上生长着橄榄树和葡萄园，薰衣草随着季风飘出淡淡清香，牛羊群则悠闲地躺在蓝天白云映衬下的碧绿山坡上，享受着明媚而温暖的阳光，古朴尖顶的农庄隐匿在树丛之中，罗纳河终流不息地穿过阿尔小镇，这一切的美景是画家笔下源源不断的素材和资源。

横道河子无数座黄色石头房、绿色木板房、洋葱头顶的约金斯克教堂，手风琴一样展开的机车库，夏天盛开的丁香花、冬季皑皑白雪覆顶的童话小屋，也都是络绎不绝来到这里的全国各地画家取之不尽、用之不竭的宝藏。他们在这里抒发着对这个小镇的情怀，留下了无数经典的画作。

成规模的横道河子油画村是 2013 年开始建设

随处可见的，甚至模仿建筑也流露出异国韵味。

的，全部由俄罗斯老房子改建而成。油画村的建设是在政府的主导下开展的市场化运营模式。这与早年北京的圆明园画家村由画家自发组成的艺术群体不同，政府把油画村作为小镇的文化品牌，既吸引了许多画家在这里创建创作基地，也建成了一些全国美院的实习基地，并把这里作为东北三省油画的集散基地。

现在，横道河子油画村越建越好，政府也在积极拓展写生地图，逐步细化服务，一条创作——展览——销售的产业链正在逐渐形成。这里有全国一百多家大专院校及艺术机构的创作基地和写生基地，能够提供几百人同时写生、研讨、创作。

一年又一年，“登记在册”的写生队伍越来越庞大，与艺术有关的活动也越来越繁荣。这些活动扩大了油画村的影响力和知名度，越来越细

这斑驳的墙体，就是一幅存在感强烈的油画。

静悄悄的俄式老街

致的服务让画家们来了就不愿意走了。

他们的到来，带动了小镇房产、旅游、餐饮服务等相关行业快速发展，特色民宿、俄货店、酒吧、饭店、绿色山产品店栉次鳞比，小镇的发展欣欣向荣，小镇的古朴与现代如同两道耀眼的光芒，把小镇衬托得愈发神采奕奕。

迟奶奶

◎马如营

1903 年的时候，横道河子还是一个因为“中东铁路”刚开埠的、仅有 6 户人家的、名不经传的小山村。这一年，迟奶奶出生了。

迟奶奶 13 岁时，横道河子已经是“中东铁路”上一个重要车站，每天汽笛嘶鸣，车轮滚滚，俄国人驾驶的火车——一个庞然大物，横冲直撞在晚晴的东北版图上。汽笛声声，把木讷的国人惊得目瞪口呆，犹如《黔之驴》中的那只老虎，看见尥蹶子的毛驴——慭慭然，莫相知。

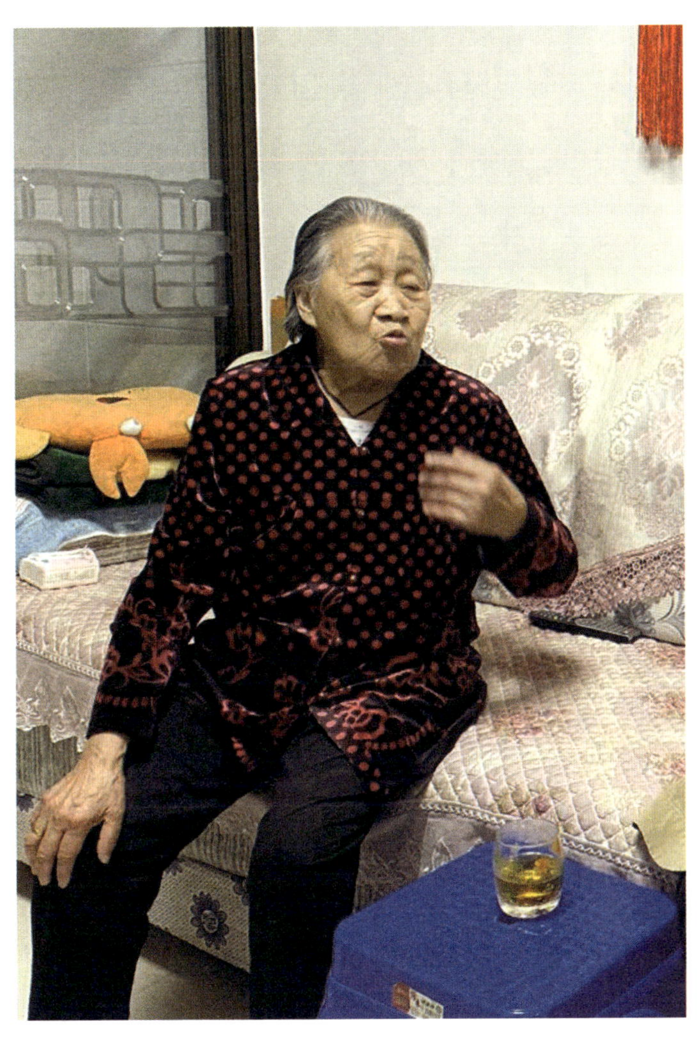

近百岁的迟奶奶慈祥地面对生活

迟奶奶几乎是横道河子现存的活化石，92 岁的她，尽管思路在“半梦半醒”间游离，但是她仍能说出横道河子 80 多年的“传奇故事”。

冬去春来，与迟奶奶同庚的横道河子老人几乎殆尽，当年那些谋生的“山东人”，有“放山”的（挖人参）、“跑山”的（打猎）、“下河”的（淘金）、“修路”的（修中东铁路）等演绎出来的故事，老人家至今仍能娓娓道来，且讲得有声有色。

迟奶奶说，那时的横道河子挺热闹，俄国人几乎住满了整个小镇，他们当中有好人，也有不咋地的。对了，在头道街那地方后来还开了“花街”（妓院）、“大烟馆”啥的，去的人有高丽人、蒙古人、俄国人。

在迟奶奶的记忆里，中东铁路建成后，横道河子镇住满了俄国人，木板房、石头房、黄白相间的砖瓦房拔地而起；牧师、军官、工程师等各式各样的俄国人，陆续来到横道。他们有自己的学校，大礼拜跳舞、看电影，吃粘有奶油的面包，穿好看的衣服，给小镇带来了乐趣。

她说，别看横道河子不起眼，当年从票房子（候车室）进进出出的外国人、客商、形形色色的人络绎不绝，小镇热闹的程度一点不比哈尔滨差。迟奶奶的“闺蜜”、俄国人柳芭就是那时她在火车站卖“棉花糖”认识的。

说起柳芭，迟奶奶兴奋得像个孩子，讲述了她和柳芭的许多故事。末了，老人家眼神暗淡地说，可惜，柳芭因为殉情一个中国铁路工人，死在了横道河子，埋在了东山坳的乱坟岗里。

“可惜，我走不动了。”迟奶奶捶了捶腿，“我还想去她坟上看看这个俄国姐姐。”

深秋的下午，我随向导的引领，走进横道河子的那片乱坟岗。斜阳夕照，一块块冰冷的十字架墓碑刻着逝者的名字，我无法确认哪一座是迟奶奶“闺蜜”柳芭的坟茔，但是在深达两米的地下，他们再也无法回到自己的故乡。

爱的炽红

◎马如营

横道河子有两座山，一座叫五指山，一座叫望夫山。

这两座山从横道河子火车站往治山方向走个十多里地就看到了。关于这两座山有一个凄美的故事。相传，一对住在横道河子左岸的夫妻，男的坚韧勇敢，女的善良美丽。一天，妻子得了一种怪病，说不出话来，丈夫便按照郎中的嘱咐，去了河对岸的山上采药，不巧的是对岸山中发生了山崩地裂，丈夫被陷进了山缝里，他拼命地把住石壁，高高地举起一只手，告诉妻子，我在这里！妻子听到了对面山里的轰鸣声，赶紧爬上山瞭望。最后，她只看到了丈夫举起来的一只手！她半卧在那里，瞪大眼睛望着，日复一日，年复一年，最后变成了石像。后来，一对爱人遥遥相望，丈夫的手化为五指山，而妻子就痴痴地化成了望夫山，永远望着丈夫的方向。

这个神话故事，让我想起台湾作家林清玄的《血的桑葚》。在遥远的梦一般的巴比伦城，隔着一道墙住着匹勒姆斯和西丝比，匹勒姆斯是全城最英俊的少年，西丝比则是全城最美丽的少女。由于父母反对，两位少年只能隔着墙上的缝隙传递爱意。有一天，他们约定趁着夜色去相会。西丝比早于匹勒姆斯来到桑葚树下，这时，有一头刚刚狙杀了动物、下巴还滴着鲜血的狮子路过。

五指山

望夫山

西丝比大惊失色，仓促中遗落了身上的斗篷，喝完水的狮子将地上的斗篷撕得粉碎。狮子刚走，匹勒姆斯就赶来了，他看见地上沾有血迹的斗篷，以为心爱的西丝比遭遇了不幸，他为自己的晚来而悔恨万分，拔出佩剑刺向心窝，身边的桑葚果溅满了鲜红的颜色。当西丝比重新跑回来，看到躺在地上已经死去的匹勒姆斯手里还紧紧握着她的斗篷，明白发生了什么。她哭干了眼泪，嘴里反复说，是我害了你，是我害了你！然后，捡起匹勒姆斯遗留在地上的佩剑，刺向自己的心脏，她的一腔献血也喷到桑葚果树上。

从那个时候开始，全世界的桑葚全都变成了红色，仿佛是在纪念匹勒姆斯与西丝比的爱情，也成了真心相爱的人永恒的标志。

五指山与望夫山的传说，证明了横道河子上的爱情也是永恒的。

横道小记

◎赵欣华

异域风情的花园小镇、手风琴形状的机车库、“西北歌王”王洛宾纪念馆。知道这是哪里吗？它就是我国30个历史文化名镇之一，东北三省唯一获此殊荣的小镇——黑龙江省牡丹江市的横道河子镇。

有着一段辉煌历史的横道河子，始建于1897年绥满铁路修建之初，比哈尔滨建市还早一年。

它的兴建是因为当时中东铁路要穿过张广才岭，为了翻越大山，为了给翻山机车提供维护与给养，需要修建一个大型后勤“基地”，横道河子便承担起了这一重任。

1903 年，高岭子段铁路开工，大批俄国专家和工程技术人员来到横道河子，为了给他们提供办公与居住场所，中东铁路在这里建造了大批风格独特的俄式建筑。

现在，镇内遗存的 200 余处俄式建筑，大部分都是那时的建筑。最为珍贵的是，100 多年的风霜，竟然没有让这个小镇子有太大的改变，2018 年，横道河子获得联合国教科文组织亚太地区文化遗产保护奖。

海林市为了再现中东铁路历史，对机车库进行了恢复修缮，建起了“中东铁路博物馆”。

据说，这座机车库建筑的照片，曾经作为封面刊登在美国《国家地理》杂志上。15 座机车库

鸟瞰百年老镇横道河子

房连成一气的扇面形状的组合建筑，15个圆顶，状似波浪，蔚为壮观。

每扇门前都有一段铁道线，通往前面的一个巨大钢铁轮盘，库内机车就可自由出入，构思之巧妙，不能不佩服早期工业文明的奇思妙思。

也许你听说过这个因中东铁路而诞生的小镇，但你知道吗？“西北歌王”王洛宾16岁时曾经是横道河子车站上打着小旗迎送列车的连接工，他在这里生活了3年多。而他的音乐起步就是在横道河子！

1928年6月，王洛宾的父亲因病去世。王洛宾从北京到哈尔滨的姐姐家报丧，经人介绍到横道河子车站成为一名铁路工人。这期间，酷爱音乐的他跟音乐家塞克学弹吉他、作曲和歌唱技艺。这时期的王洛宾时常在哈尔滨和横道河子之间往来，深受当时侨居哈尔滨的俄侨音乐家的熏陶和影响。塞克非常欣赏王洛宾的音乐才华，邀请他为自己自编自导自演的话剧《北归》谱写主题歌和插曲。王洛宾还和塞克共同创作了《西巴扎尔夜歌》。

可以说，横道河子是王洛宾成为享誉世界音乐巨人的摇篮。非常遗憾的是，这天王洛宾纪念馆没有开馆，只能站在这石头房子的门前遥想这位音乐家当年的身影。

横道河子依托特有的历史文化和自然资源，全面启动了历史文化名镇建设工程。确定了“挖掘中东铁路文化，打造历史文化名镇”的定位，打造具有多功能的欧陆风情浓郁、北方民俗特色鲜明的历史文化小镇。

小镇的油画村，现已建有大型展厅 4 个，画

年久失修的木结构老房子亟待保护

百年老镇·流光溢彩

东正教堂

家创作室23间，挂牌入驻知名画家达100多名，是鲁迅美术学院等7所高校美术实训基地。

其实20世纪初，横道河子曾有着“花园城镇”的美誉。这是我春天时来的景色，到了夏天，家

家门前种着花草，摆着花盆，当年俄罗斯人的好多生活习惯至今还在这里流传。离开喧嚣的都市，远离车水马龙的拥堵，漫步在横道河子寂静的百年老街上，有种悠然见南山般的恬淡怡然。

机车库内景

竟有一些恍惚，想起哈尔滨类似的铁路老房，想起曾经到过的俄罗斯远东城市，一样的院落，一样的栅栏，一样涂成黄色的石头外墙……

几乎消失了的拌子垛、晾衣绳，在这里依然还能看到。也欣赏木板椅上的这句话：只有一个人旅行时，才听得到自己的声音。

2019 的新年刚过，在小镇一座 1904 年修建的老建筑中，振兴路 100 号俄风民宿诞生了。

原汁原味的俄式老房子，又是俄罗斯风格的布置和装饰，太有感觉了。当年我上海拉尔大伯家，大伯娶的大娘就是俄罗斯人，他们家的床头就是这个样子的，当时我真是羡慕极了。

朋友开的这家民宿，给人家一样的感觉。有三个套房，优雅舒适温馨，还有一些中东铁路珍品的展示。这里将是横道河子又一个旅游亮点，有时间一定去感受下。真的希望小镇能够打造更多符合小镇历史文化气质的民宿，能够让人停下脚步，静心地在这里住上几日，更好地感受小镇风情。

最后我来到了小镇最重要的标志——东正教堂。教堂建于 1902 年，已经 100 多年了。俄国人的习惯是铁路修到哪里，教堂就会如影随形地跟到那里，教堂是俄侨的精神家园，

20 世纪 50 年代俄侨离去后教堂先后被改造成敬老院、部队驻所、酒厂等场所，所幸逃过了拆除的劫难。2016 年的秋天，俄罗斯驻华大使杰尼索夫来到横道河子，他对教堂的建筑乃至保护完整赞不绝口。

这是一座北方少有的保持完好的异域风情浓郁的百年小镇，如果你想到黑龙江来看古镇，横道河子是不二的选择。生活在进行在变化，岁月的风

尘在历史的进程中慢慢变成远去的回忆。虽然它们锈迹斑驳，但在春花的陪伴下，依然绽现着独有的时光之美。横道河子不大，快的话半天就能转完。但是如果想好好品味这个小镇，最好能住一个晚上，感受下太阳升起和夕阳西下时的小镇。

小城旧事

◎张建滨

我是土生土长的横道人。父亲是大学毕业后响应国家号召“到祖国最艰苦的地方去”那代人中的一个。母亲是父亲在铁路工作了许多年之后，才从关里老家接过来的。1960 年，我出生在横道。

在我五六岁的时候，我们家从站北头搬家到火车站附近，儿童山下的一排俄罗斯式石头房，这是父亲参加工作后单位分配的第一套房。搬了新家，有了新邻居——一位铁路退休的老人韩爷爷。这韩爷爷是个独臂老人，据说那条胳膊是被

一百年的门，看起来还那么结实。

火车轧掉的。他年轻的时候在铁路工作，是个连接员（俗称“钩子手”，就是负责货车编组，载挂货车之间的钩子）。断了一条臂膀，他也就退休了。他是个独身老人，一生未婚，一个人打发着漫长而又难熬的日子。这韩老爷子，是个很随意的老人，什么事都是大咧咧的。可他唯独对吃从来不马虎。他的退休金和伤残补助是绰绰有余的。一日三餐，吃得是有板有眼。他喜欢面食，可一条胳膊做出的面食，不是面糊糊，就是面疙瘩，从来也没有真正吃过可口的面食。我们家和他成邻居之后，母

每幢老建筑，都是一段历史的见证。

亲看他做面食的吃力劲，就主动揽下了为韩爷爷做面食的任务。包饺子、擀面条、蒸馒头、烙饼等等。这韩爷爷吃了母亲做的面食，乐得嘴都合不上了。就这样，母亲无怨无悔地为韩爷爷变着花样做着他爱吃的面食，这一做就是多年，而母亲从来就没抱怨过一句。她把这当成了自己分内的事了。

第二年中秋节来临之际，韩爷爷为了感谢母亲，特意买了两盒月饼送来我家，在韩爷爷的执意之下，母亲只好留下了月饼。这两盒月饼，在得到母亲的允许后，我迫不及待地打开了盒子，和弟弟抢着吃起来了。这是我从记事以来吃得最过瘾、最惬意、最难以忘怀的一顿中秋月饼。那月饼里，有青丝，有玫瑰，有杏仁，有枣泥……本来就缺少油水的肚子，冷不丁吃到这样的美味

俄式精巧壁炉

佳肴，那吃相，那嘴脸，时至今日，我还记得清清楚楚。每当想起那顿月饼大餐，我都会情不自禁地微微合上双眼，沉浸在幸福的回味之中。

也正是因为那顿没有节制的月饼大餐，一下吃伤了我的胃口。从此再也吃不得青丝、玫瑰、杏仁、枣泥了。这一忌口，就是50多年了。中秋节，

用于清扫烟道的俄式烟道门儿

我不吃月饼。可我每年的中秋节，第一个想起的人就是母亲，第一个想起的地方就是横道河子……无论身处何地，即使是远赴大洋彼岸的美国，每每想起的还是横道河子，以及那些旧事。

三木先生

◎马如营

单从字面上看，三木先生的名字好像日本人，其实他是个混血儿，真名叫田牧明。

“我母亲是俄国人。”三木指着他父母的照片说，“但我更像我爸爸，他是中东铁路最早的桥梁工程师。”

凡是外人，只要走进横道河子，看到最醒目的建筑必是三木先生的俄式木屋。红蓝相间的房子，像个火柴盒，方方正正地摆在巷口，木屋侧面屋脊上钉着一根十字架，很明显地告诉别人，

俄国牧师曾经居住的木屋，已经更换门庭，住进了新的主人。

这是一所信奉基督教的主人。三木先生独身住在人气凋敝的横道河子镇上，房子是他花4000块钱从俄国牧师手中买来的——两间精致的俄式建筑，门窗、酒窖、壁炉、餐具，原封不动地保持着100年前俄国贵族应有的优越。

横道河子是中东铁路上的一个小站，四周满是100多年前俄式建筑，有工程师住的大白楼、军官住的别墅、牧师做礼拜的圣母进堂教堂，不一而足。走在小镇的大街小巷，好像到了俄罗斯。

三木是个虔诚的基督徒，酷爱收藏和根雕艺术。两间俄式房子的屋里屋外，摆满了他的作品。

离婚前，三木是铁路工人。“这是你和嫂子的合影吗？”我看着挂在墙上的四寸大小照片，“嫂子很漂亮呀！”

“嗯，她是铁路医院的医生。”三木用手擦

俄式建筑的颜色多彩多姿

了擦照片玻璃，“我们已经分开二十多年了。”

在横道河子长达七个月的漫长冬夜里，三木辗转反侧地想念着谭小姐。

“她是哈尔滨人，来横道摄影我们认识的。”

在和三木交流中，我发现在他和前妻合影的墙上嵌有一双高跟鞋，红色的，鞋窠里插了一支牙刷和一管牙膏。

“谭小姐是个醋坛子。”三木似乎看出了我的疑惑，“所以她把自己的高跟鞋钉在我和前妻的照片旁，大概是提醒我别忘了她的存在。”

“这不太礼貌吧？”我嗫嚅地说，“你应该给她撇了。”

“那可不行，惹生气了她，人家夏天就不来了！”三木连连摆手，“她不来我咋办？”

横道河子的冬天是难熬的，由于长时间吃不

到水果和蔬菜，三木的面皮清淤，没有血色。

“下次吧。”我说，“下次我再来，给你带些水果和绿叶菜。”

“真的不用，快到夏天了，夏天谭小姐就来了。”三木先生眼神里满怀期待，“她来了，就是最好的菠菜！”

春走横道

◎佚名

初春，偶尔还有风穿骨，摆弄摆弄手机，手指便红而僵。这个时节好似黎明前的黑暗，想要个确定的未来，可就在黑暗中，还想什么呢，罢了。

缩在家里几天了，好想一直缩下去，这样世界就与我无关了。蜷缩不成了，拖着乌漆麻黑的心，为着讨生活的钱，上路。

一路疾驰，匆匆掠过的连绵小山，土黄乌青，附着些许残留的污雪，看得人心里酸酸的。这是屋漏偏逢连夜雨么，出个差都这么应景，我是没

活路了。睡吧，睡醒了也许就开窍了。

闭着眼睛，调试着状态，找寻微醺的感觉，好让自己能够睡得着，想来已经二十多天没睡着了，再这么下去，非变干尸不可。越想睡着，脑袋瓜子越是清亮，好似加装了马达，一桩桩一件件，哎呦喂，放电影了，还是高清的呢。心里苦笑着，中年的我好丢人，这是为了哪般呢，怎么就放不下过不去了呢，不就是个人么。唉，花季时恋爱谈少了啊，造就了今天的可笑大笨蛋。哭么，哭什么呢，为爱而哭么，早就过了那个年纪啦呀！睡觉！!! 浑浑噩噩、晃晃荡荡，三个小时的车程，当我回过来神的时候，车子已经停在了一幢蓝红相间的小木屋旁，匾额上用枝条塑造出“牧明根艺”四个字，嗯，有点儿意思。我和小木屋是有点渊源的，也不知为什么，反正打我记事儿起，我就喜欢小木屋，特别想有一幢自己的小木屋，里面有一张带着帐幔的床。难道是我小时候《白雪公主与七个小矮人》看多了，就是喜欢，不管了，下去看看吧。

呜、呜、呜……绿皮火车扬长而过，那浑厚而低沉的呜呜声，太好听了！那一瞬间，想要流下泪水，好像终于有一个出口，可以倾泻而出，太久了，憋屈太久了，不能说，不能明，没有人知道你的世界里经历了什么，那些道貌岸然的假象，污着于我，我像一只阴沟里的老鼠，太久了……泪水似出却流不出来，绿皮火车的呜呜带走了我的哀号，一切都带走了，再美的交响乐也不曾有这般力量。欣慰得长吁一口气，默默地微笑，仿佛看清人间。

是的，我是带着心中的伤来到这里。本是因

高
压

横道河子火车站，是全国少有的原汁原味的俄式建筑。

工作而来，阴差阳错，却真的疗愈了我，只因那一个声音。

多少个夜晚，辗转无眠，纠结悔恨，无法诉说，

厚重的窗户，不仅透光，而且保暖。

唯有煎熬内心，这一刻荡然无存。丑小鸭变白天鹅的欣喜。

活过来了，走！

历经百年，质量完美保存。

上一次见到绿皮火车，还是十几年前穿梭于天津与哈尔滨之间，偶尔在火车站遇到。而今，再次踏上寻找自己的路。沿着小木屋前行，天哪，太好看了，太震撼了吧，俄罗斯建筑一幢幢，油画村、圣母进堂教堂、大白楼、机车库、王洛宾住过的小房子、中东铁路军官住宅显眼儿的振兴路100号，今晚我就住在这里，它太合我的心意了。

第二天临行前，来到横道河子火车站，很难想象，这个100多年的小站依然那么清新，仿佛岁月并没有打在她的脸上，只是落在她心里，成了故事，她用百年身躯诉说着而已。

30多栋中东铁路时期的建筑，多少人多少事留在了这里。在我心里，它们成了生命。

有了希望，有了爱的能力。

宽宽的指缝，瘦瘦的时光，一屋两人三餐四

季，从不曾惊艳岁月，却有一袭白纱掩映着你我，伴着呜呜声，从此，便有了归处。

我爱这里，横道河子。

超级大玩具——机车库

◎陈菡英

在中东铁路这条大动脉上，依铁路而错落出现的城市和小镇宛若暗夜星辰点缀在白山黑水上蜿蜒着的铁道线每一个山势起伏处。横道河子就是这样一个小镇。从山上俯瞰横道河子，那极目的落寞像是一幅褪色的老旧油画，沉寂着 100 年的流金岁月。

横道河子最吸引人的去处就是机车库了。这座随中东铁路诞生在这里的蒸汽机车库，曾是中东铁路线上最繁忙的建筑，也曾是整个中东铁路

2017 年，横道河子机车库经过修葺，重新恢复原貌。

8
9
10
11
12
13
14
15

线上最具魅力的景观，曾经登上过美国《国家地理》杂志的封面，吸引了世界各国关注的目光。

100年来，它古老的建筑在岁月的打磨下更加迷人而知性，吸引着众多摄影爱好者和旅游者前来打卡留念。

机车库的修建是因为火车驶出横道河子就开始穿越高岭子和虎峰岭险要路段了，火车爬坡需要加挂车头，一般运煤、运木材的载重车最多时要加挂四个蒸汽机车头。这样，横道河子这个小站每天都要有十几辆机车供助推过高岭子使用。为了存放和检修这些机车，在铁路通车后，就修建了这座机车库。

100多年前，根据运输需要和生产布局，中东铁路将横道河子定为第九号机务段所在地，1903年，这座中东铁路规模最大的机车库拔地而起。它占地面积5000余平方米，建筑面积2160余平方米，有15个车库房并列蝉联组成。

机车库是由砖墙铁瓦建成的，每个库都是拱门圆顶，十五个顶相连，宛若一道泛起涟漪的波纹，极具俄罗斯建筑风格。

在车库对面约30米处，安装了机车调头转盘，可以使机车开进任意一个车库。“转盘”的学名叫“转车桥”，通过转动把机车送进各自的“房间”。因修车需要，入库机车必须车头朝前，煤水箱在后；出库机车需根据“交路”要求调整车头方向，这些都由“转盘”来完成。

鸟瞰机车库，既像一架拉开的手风琴，又似一把打开的折扇，车库是扇面，股道是扇骨，“转盘”就是扇子的“轴”。而在孩子的眼里，这不正是一个巨型的大玩具吗？当你想发射任意一个机车时，就转动转盘，对准库门，意念中“嗖”的一声响，机车入库了。

机车库1990年就停止使用了，1993年9月

横道机车库外景

被列为海林市级文物保护单位。2019 年，它接连捧回一项项国际大奖——“联合国教科文组织亚太地区文化遗产保护奖荣誉奖”，在迪拜举行的

维修前的机车库

全球不动产联盟颁奖典礼上，横道河子机车库修缮设计工程项目获得“全球卓越建设奖”文化遗产保护类金奖，是这次会议上我国大陆获得的唯一一个金奖。作为小镇建筑中的最大亮点，横道河子机车库也真是拿奖拿到手软了。

为保护历史遗产，机车库内建成中东铁路运输博物馆，有蒸汽机实物、微缩蒸汽机模型、机车部件等4个展厅。其中，解放型886号、前进型、上游型、建设型4台蒸汽机车，以及两节老式篷车和绿皮车车厢尤为吸睛。

我们走出博物馆的时候，已是日薄西天了。见证了中东铁路百年风雨的机车库，以它沧桑的容颜，默默地注视着广袤大地上纷繁而过的一切，一切……

老田的夏天

◎陈菡英

“把根留住”，这是我扫了老田的微信之后蹦出来的几个字。

老田是玩根雕的，这么看来，他用这四个字作他的形象代言，还真挺贴切的。

说他是“玩”，也再恰当不过了。他十几平方米的小屋子里，摆着各种各样奇形怪状的大木头根子。用艺术家的眼光来看，那些就是艺术品，用我的凡胎肉眼来看，那些不过是他大大小小心仪的玩具。

田牧明介绍父辈和自己收藏的泛中东铁路物品

老田的木板房完全是俄罗斯风格，蓝色的木头屋顶上一个同色的十字架，蓝色的窗板和尖头小围栏，红色木墙，都是100多年前俄罗斯建筑的特有配色。在白雪皑皑的群山环抱中，那一抹蓝既温暖又梦幻，像极了童话里的小木屋。

而实际上，这幢小木屋是附近一处教堂的衍生品。

俄罗斯人最大的手笔就是走到哪都要把教堂带在身边。当年修建中东铁路时的工人都是东西伯利亚的步兵师，因此，随着中东铁路而兴起的城市，多多少少都会有一些随军教堂供这些俄罗斯士兵做礼拜和祈祷用。

俄罗斯人信奉的东正教是一个整体，融合了他们的信仰、习俗、文化、礼仪、道德和传统。对俄罗斯人来说，东正教不仅是一种信仰，还是

十字架的屋顶，很有味道。

一种生活的寄托。因此，他们在横道河子修建铁路时就修筑了一处全木制的教堂——圣母进堂教堂。而在这所教堂里传教的牧师，就选在了离它几百米处的地方，搭建了一幢小木屋作为居所。

话说老田当年曾是横道河子通讯段的一名铁路职工，后来单位机构改革撤并，他的工作地点调到了牡丹江，其实他的家一直就在牡丹江的。他回到了自己城市里的家，却念念不忘横道河子的那些老建筑。那个时候，还没有人有保护老建筑的意识，老田看着荒废了的一座座俄罗斯老房子，突然有了感觉。

然后就在某一个突出其来的清晨，他起床后，洗漱完毕，穿戴整齐，去了单位，做了一件在他平凡的职业生涯中最为波澜壮阔的一个举动，和领导说了声“拜拜”，然后就跑到横道河子扎了根。

老田木屋的窗子

百年不朽的木屋天棚

当然，代价是老婆不肯跟他来，日子也就没法继续下去了。

在横道河子待了那么多年，老田对每一幢老房子都了如指掌。如今他自己当家了，有了可以拍板的底气和实力，于是拿出仅有的4000元钱，把这幢牧师的居所买了下来。

老房子整体结构都没怎么损坏，老田也不用太拾掇，就直接搬进来住了。屋子虽然不大，却是五脏俱全的：酒窖、壁炉以及门窗、雕梁，都完好无损，俄罗斯老式贵族应有的气派和尊贵，没有随着时光消逝岁月沧桑而削减一分。

倒是老田新添置的各式收藏和私人物品，与这座小木屋的整体风格相比，总显得有点那么不搭调——酒窖被他用作了菜窖，酒窖的隔板上摆满了他的瓶瓶罐罐，各式酱菜。唯一的正厅也是卧室里，墙上地下犄角旮旯处，堆满了他的各式根雕作品和收藏品。

我们在傍晚时分推开老田小木屋的门时，他正拿着几个烧饼要热了做晚饭用。看见来人了，于是把烧饼搁在一边，立刻侃侃而谈起来。

但凡有那么一点艺术气质的人多多少少都会沾上一点罗曼史的。老田“弃职从根”的故事远不如他另起炉灶后和另一个女人的一场柏拉图的精神恋情更能引起我的好奇心。

大凡男人精神出轨，都有一个高度统一的借口：糟糠之妻对自己的精神追求不够理解。老田的媳妇自然不会理解挺大一个老爷们儿为啥要把工作扔了去一个人气凋敝的地方饿着肚子独自过活？

这个问题我也没闹明白，估计连老田自己也

老田家的炉灶也是老物件

窗外老田的小院

不是很清楚。他给别人的解释是他要用一己之力保护老建筑，这理由听起来既高大上又有些悲壮。我不禁向他投去了几分崇敬的目光。

当然，老田所理解的保护老建筑只是住进来，不让这个老屋失去它的气息就算是保护了。他也没有认真地思考过保护的意义和目的，甚至没有做过改善和修葺（我指的是房屋内部）。他更多的，是把这幢老屋当成了他玩根雕的工作室，甚至，是他的一个招牌，一个游客的落脚之处。

辞了工作之后，老田没了经济来源，又把仅有的 4000 元钱投资了这幢小木屋，他成了彻底的"光棍一族"。为了生存，他扛起了摄像机，给人家做婚礼录像。每每提到他创业初期的艰难，他总是用"一台摄像机帮我渡过了最初几年的困难时期"作为渲染，愈发使得他的悲壮有了更加浓郁的底色。

日子就这样一天一天过去了。一晃就是二十年。

冬日的横道河子是最美丽也是最难熬的一段

时光。被白雪覆盖的黄色老房子和月光下阒无一人的清冷街道，愈发衬出古镇的寂寞。

老田就用电暖气和想念谭姐来打发这段无聊的时光。

谭姐是老田做婚礼摄像期间同一个团队里的摄影师。“她比我大几岁，家是哈尔滨的。她每年夏天过来，冬天就回去了。”老田怅然地说着，语气里却有几分掩饰不住的喜悦和骄傲。

一对新人无论从哪个角度拍摄，摄像和摄影都是如影相随的最佳拍档，话题度自然就高，默契度自然也会水涨船高。一来二去，俩人谁也离不开谁了。

“那她就是你的情人了？”同来的老马坏坏地逗他。

“绝对不是，我们绝对没有那种关系。”我

看见老马把嘴都撇到了对面屋去了。我又看见老田涨得通红的脸庞，一着急，就选择性地相信他了。

我倒是不纠结这个问题，可是他媳妇不会相信呀。那女人听说后跑到横道河子大闹了一场，然后愤然离婚。

老田是真倔，或者是他真巴不得过上一段属于自己的日子。彻底放飞自我之后，他的日子过得也是有滋有味的。

我看见墙上还挂着他和前妻的合影，那女人也曾是个美人呢，就问他："你有谭姐的照片吗？"

他摇摇头："没有，她长得不好看，因为比我大，也不爱照相。"

谭姐依然过着候鸟般的日子。

如今高铁只需要一个多小时就能从哈尔滨到横道河子了。她夏天跑来这里和老田琴瑟和鸣，冬天又回到哈尔滨有地热的家里，储存着老田的思念，像储存着准备过冬的白菜大葱，供她一整个冬天慢慢享用。

4月下旬了，没有暖气的小木屋里，老田没舍得点炉子，穿着棉衣屋里屋外地忙活着。我们一边和他聊天一边搓手哈气地努力给自己增加一点热乎气。

我眼巴巴地看了一眼一旁的电暖气。

我知道，老田是不会打开电暖气的。他不是为了省电，是因为他觉得，夏天马上就要到了……

木头教堂

◎陈菡英

教堂，对中国人来说，是个神秘又神圣的地方，那是外国人寄放心灵的地方。中国人看外国人在那里进进出出低声祈祷，总有一些好奇和向往。特别在这样一个从前寂静无声的小镇上突然来了一群金发碧眼的外国人之后，有一座奇怪的建筑也随之而诞生了。

这就是约金斯克教堂。它整体外观是全木制的，因此，也成了东北乃至全国目前现存的唯一一座木制教堂了。

俄国人在这里修建中东铁路的时候，因为横道河子是绥芬河至哈尔滨这一段的咽喉重镇，越来越多的俄国人拥进小镇做工人，他们也把异域的生活习俗带到了这里。

远离了故土，精神需求就更加迫切。除了盖了很多生活用的房子以外，俄罗斯人最不能放弃的就是宗教信仰。一向信奉东正教的俄罗斯人，为了满足教徒信教参拜祈祷的需要，在1902年的时候，在东山的半山坡上修建了一座教堂，当地人称之为“喇嘛台”。

那个时期，凡是俄罗斯人修建中东铁路的城镇，大部分都留下了被称作“喇嘛台”的教堂。比如齐齐哈尔的昂昂溪火车站和哈尔滨火车站附近，都有一座被当地人深深烙在记忆里的“喇嘛台”。

这栋在国内仅存的木结构教堂，已经成为特级文物。

按理说，“喇嘛”这一词是藏传佛教里对僧侣的尊称，怎么会出现在洋人的宗教里呢？而且中东铁路沿线的教堂遗迹，老辈人几乎都称呼为“喇嘛台”。那只有一种解释，就是当时的东北尤其是黑龙江离蒙古很近，受到喇嘛教影响，以前很多人的文化程度都不高，看到和宗教信仰有关的地方就统统称为“喇嘛台”了。这种误称也就一直延续了下来。

建造约金斯克教堂时，俄罗斯工人们就地采石垒基，地基以上的部分完全采用了附近山上的上等红松卡、嵌、镶、雕而成。这些木质耐腐蚀，不易变形，因此教堂虽然历经百年风雨却面貌如初。

这个规模仅次于哈尔滨的圣尼古拉大教堂，建筑平面为十字形，占地面积约为400平方米，内有忏悔室、唱诗班和育经班。院内还有钟楼，1 个大钟，1 个中号钟，32 个小钟。

1903 年，教堂正式洗礼启用，启用时的俄文名字是约金斯克教堂，译成中文，大意就是圣母接受洗礼的地方，因此，后人也把它译为“圣母进堂教堂”。那个时期，约金斯克教堂成了西起石头河子、亚布力，东至海林、铁岭河一带东正教的活动中心。

当年，随着钟声响起，这些俄国人从各家的木刻楞小木屋里鱼贯而出，走向教堂，唱诗班的歌声久久在横道河子的山谷中飘荡，悠远而苍凉。夕阳西下的半山坡上，歌声缭绕的教堂在落日余晖中有一种震撼人心的肃穆和神圣。

时间久了，教堂也渐渐演变成了教会学校，中国和俄罗斯的孩子们在这里接受上帝的教诲，

木结构的梁柱有温度感

他们在这里留下了一串串悦耳的童声，镇子里的人都感到亲切和宁静。

1931 年的“九·一八”事变，使约金斯克教堂在更换了几位教士之后终于门前冷落，一把大

锁隔断了教堂与教士之间的教义关系。

1945 年 8 月，苏联红军出兵中国东北，被日本铁蹄践踏多年的东北一夜之间不见了日本人。据老人讲，在日本人逃跑的当天夜里，他们把警察署、发电厂，还有日本人住宅都放火烧了。第二天，镇上的人们看到焦糊的门板上，门把手都被日本人起走了。

据史料记载，1945 年 8 月 18 日，苏军第 26 军军长斯克沃尔佐夫中将于横道河子圣母进堂教堂主持了接受日军第五军团的大规模投降仪式。20 日，一些日军分队也在横道河子地域被解除武装——随着日本入侵者主力被缴械，在老镇上空抖动了 14 年的太阳旗，纷纷坠落。

如今，整饬一新的教堂依然靠山而立，两个典型的俄罗斯洋葱顶，黄绿相间的木头墙体和斑斑木窗似乎在向我们低声诉说着远去的辉煌以及飘荡而过的历史尘埃。

瓦西里

◎马如营

1961年以后的瓦西里，再也没有回到横道河子。当然，他儿时的玩伴陈连友从此也不知道瓦西里的下落。

瓦西里的父亲是白俄罗斯人，母亲是法国人，身上带有浪漫主义色彩。苏联十月革命成功后，瓦西里全家因为富农成分，加上他爷爷有叛逆倾向，在半梦半醒间被胁迫到了中国东北，成了中东铁路线上的管理者。

中国人对“瓦西里”这个名字再熟悉不过了，

在苏联是个英雄的名字，瓦西里·扎伊彩夫是名狙击手，在二战期间，他一个人狙杀德军 625 人。另一个是电影《列宁在十月》里的瓦西里，这个文武双全的瓦西里，不仅是列宁忠诚的警卫员，而且还是采买商，在粮食吃紧的情况下，他去郊外购买粮食，正是这次疏忽大意，让列宁险遭女特务的暗杀。多少年后的现在，我一直不明白，作为俄国乃至世界革命的导师，列宁出出入入，竟然没有周密的警卫布置。

瓦西里留影

塔莎是瓦西里的姐姐，能歌善舞，大瓦西里

昔日俄国工程师住的“大白楼”

穹顶突兀

6 岁，骨子里有妈妈的情怀，对憨厚如熊的陈连友非常有好感，14 岁的时候，塔莎领着陈连友一起过家家，他们成了“少夫妻”。

从那以后，陈连友跟着他爹，整天跑山，目的就是为了挣钱，将来娶塔莎。再后来，塔莎跟一个俄国人好上了，陈连友意志消沉，一蹶不振。

2017 年，瓦西里西装革履地走在东长安大街

120 年的建筑物，仍然健硕地站在横道河子这个小镇上。

与府右街交口处，他突然看见一瘸一拐的陈连友，他疯了一般上前抓住陈连友的胳膊。隔了半个多世纪，儿时的玩伴抱头痛哭。

瓦西里挺讲义气，在北京帮助陈连友找了治疗足跟腱疾病的专家，替他花了不少医疗费。

彼时的瓦西里，已经是白俄罗斯驻澳大利亚大使。而治愈回到横道河子的陈连友，一直没好意思问问瓦西里，你姐现在干啥呢？

那条忧伤的老街啊

◎陈菡英

每座城市都有一条老街。小镇也不例外。老街是小镇的童年，是沉默的风霜，是忧伤的伫足。

只是横道河子小镇的老街是一条俄罗斯风情的老街。它像一件年代久远的家俱，有一种遗世的况味，静默地伫立在那里。

俄罗斯老街位于横道河子镇中心，老街虽然不长，却保存着200多栋完好的俄罗斯建筑。全国唯一木制的约金斯克教堂、中东铁路机车库、大白楼、专家楼等都在这条街上。

在并非旅游旺季的时候，老街显得异常冷清。

街道两旁是木制的俄式建筑，徜徉在这条充满异域风情的土街上，树影婆娑，微风习习，迎面扑来的都是凝重的历史气息。每一片屋脊都是一张展开的书页，每一块木板都是一行行文字，记载着小镇走过的风风雨雨。

1897 年，随着中东铁路的修筑，横道河子成了铁路东段的施工中心，大批俄国设计专家和工人拥入横道河子，他们在这里建造木屋，工作和生活，也把俄国的风俗习惯带到这里。1903 年中东铁路全线通车，这些木屋便作为服务于铁路的俄国高级职工的住宅。

木屋是老街的特色，这些具有典型俄式建筑风格的木屋都是全木结构，卯榫严密，雕镂精细，装饰考究。如今，老街已经成为横道河子一张旅游名片。

旅　馆

年轻人奔时光去了，留守在小镇里的居民每天都过着最平常的日子。

那时，受这些俄国人的影响，当地人也把红肠、面包和果酱作为主食，也喜欢喝啤酒、果酒和烈性白酒。每天工作之余，老街上就能看到三五成群的俄国人和小镇当地人在一起喝着啤酒，拉着手风琴，载歌载舞。

如今，100 年的风霜雨雪吹过，教堂的钟声也已经远去，可这些俄式古屋却仍然保留着小镇的异域风情。现在横道河子小镇的人依然喜欢喝啤酒、果酒和烈性白酒，喜欢吃火腿肠、面包和果酱，这里的女人冬天也习惯于穿裙子，人们的生活仍旧带有俄式习俗。

夕阳西下，老街在落日的余晖中闪出一道落寞的弧光。巷子尽头窸窸窣窣摸出一位老奶奶，她的皱纹似老街那么老，她的故事也一定和老街一样丰厚……

铁路警察眼里的铁路治安所

◎陈菡英

在众多的老建筑中，有一个地方似乎格外牵引我的目光。

铁路治安所，应该就是早年的铁路派出所吧。身为一个铁路警察，我对这个地方充满了好奇。

横道河子的铁路治安所，又称为伪满横道河子警备队驻地。位于海林市横道河子镇东山角下，301 国道东侧 20 米处，地理坐标东经 129°04′，北纬 44°61′，海拔在 500 米，面积 344 平方米。

据史料记载，1903 年，当时的东清铁路横道河子段正式通车了。就从这一天起，沙俄在这里开始驻扎重兵。据说，当时在横道河子驻扎了一个旅，有两个骑兵团，两个步兵团。日俄战争之后，沙俄缩减了东清铁路上的驻军，却一直未减在横道河子的武装部队。直到“十月革命”后的1918年，才改由东北督军派兵驻守。

位于小镇东山坡上的一幢三层小黄楼，就是当时的驻军司令部。

和如今的铁路派出所性质不同，1931年“九一八”事变后，这里便成了日本关东军铁路护卫队和宪兵队的指挥所。地下室部分是日本宪兵设的“矫正院”，是一种“水牢”性质的处罚行刑场所，专门用来关押和折磨那些“反满抗日”分子。许多人被抓进来，被“矫正”得遍体鳞伤，奄奄一息。经不住“矫正”的人，往往横尸而出。“矫

这些本该属于美的建筑，却深藏一段沉重的历史。当年日伪宪兵的水牢，在夏日里仍透出寒意。

正院”实际上是杀人的魔窟。住在小黄楼附近的居民，常能听到矫正刑具制造出来的瘆人的惨叫。

这幢黄色的俄式建筑，双坡屋顶，石砌抱角，二层楼房。楼上的半月型窗户和下层深入地底的方形窗形成不对称风格，这在当时的年代应该算是别具一格的建筑特色了。

如今房子四周围起了一圈尖头铁栅栏，和古老但不失遒劲的大石墙相衬，更增添了这建筑原有的森严和阴戾之气。在高处望下去，似乎还能感觉到那里向外逼出的阵阵冷风，在诉说着那个年代的残酷与可怕。

1993 年 9 月，铁路治安所遗址被列为海林市文物保护单位。

我与小镇

◎徐景辉

1984年一个落雪的春天，我第一次来到横道河子小镇，是因为我爱上了这个小镇的一位姑娘。太阳刚刚升上山冈的时候我走下火车，站在月台上，女友来车站接我的时候，见我正望着周边的环境发呆，忙问了一句，看什么呢？我才回过神来，并没有回答，因为不知从何说起，感觉这个小镇有些怪怪的，房屋建筑风格不同，朝向也不同，有朝南的，有朝北的，有朝东的，也有朝西的，当然还有说不清是朝哪个方向的，大体上是

保存完好的俄式建筑

随山就势，有那么点任性，也有那么点不守规矩。传统的建筑，讲的是坐北朝南， 左青龙，右白虎，前朱雀，后玄武，四正方圆。这一切，小镇全不讲究。也许正因为如此，才让我耳目一新。尤其是刚刚落了一场雪，小镇错错落落的房屋在白雪的覆盖下，像一幅幅水墨画，更像一首首无言诗。

后来，我渐渐爱上了这座小镇。当然，是因

为我爱上了这个小镇的姑娘，并娶为妻子。有了这份情缘，我与小镇之间的来往，就多了些情味儿。每每去横道河子小镇看岳父岳母，都要四处走走，感受着小镇与别处不同的风格和情韵。

第一次探究这个小镇，还是1995的夏天。那时，我刚刚从鲁迅文学院进修两年回来，小镇的党委书记专门来海林找我。这位书记是省里下派来的挂职干部，他想把小镇独特的风光资源开发

雕梁画柱，只是朱颜改。

为数不多的俄式老木房子

成旅游产业，但不知从何下手，也找不到文化的切入点，把我约到横道小镇。就从这一天开始，我和横道有了不解之缘，一点点查找资料，渐渐弄清了小镇的来龙去脉。

后来有一年秋天，小镇上的党委书记来电话，说要为小镇拍一部有历史厚重感的电视宣传片。这位党委书记是记者出身，对宣传小镇很有见地。

俄式建筑一大特点就是结实耐用

我们过去曾经合作过，他了解我的文笔风格，故要求我来为他执笔。于是，我第二次开始对小镇的中东铁路历史进行发掘，这一发掘，让我像找到宝藏一样兴奋。这个小镇，从 1897 年的秋天开

黄房子是小镇的主色调

始， 就有了大批的团体人群，比哈尔滨有团体人群还早了一年，当然，哈尔滨后来有了铁路交叉效应，发展成大城市，那是不可相比的了，就铁路而言，比牡丹江更有资历，那时的牡丹江还没

圆葱头挺好玩

有团体人群，直到 1907 年才有一个五等小站。当时，中俄合筑的中东铁路，从绥芬河到满洲里是主干线，还有一条是从哈尔滨到旅顺口的南支线，两条线加起来共有9个二等站，从哈尔滨到绥芬河只有两个二等站，而横道河子就是其中一个。二等站，在当时那是相当了得，所有的列车，不论是拉人的还是载物的，都必须得停一下，就像要接受这个小镇检阅似的。这个小镇就有了相当尊贵的地位。当然，小镇受山沟沟这样的自然环境制约，没能发展成大城市，是小镇至今最为无奈的事情。这不怪小镇，要怪就怪老天喝醉了酒，在这里胡乱堆了些山。

正是和横道小镇的不断接近，让我更多了解小镇，也了解了相关的历史，并由此引发了我研究地方历史的兴趣。2016年，我利用掌握的中东铁路资料，写作完成了一本纪实作品《风雨中东路》，并成为全国当年3月份出版的8本好图书的第二名。为此，好几个单位，也包括省委机关，都约我去讲课，专门讲中东铁路，着实让我风光了一回。这风光和荣誉，完完全全是小镇给的。

可以说，我了解了小镇，宣传了小镇，而小镇反过来也成就了我。正因如此，我每次来到小镇，都肃然起敬。因为她是一部有历史厚重感的大书，是一幅风光旖旎的山水画，更是一杯陈酿的美酒，无论谁来到这里，都会为她陶醉。对我来说，这个小镇，有我的亲人，我与小镇，那份独有的亲情，只有经历了，才会更深地体味。

形态各异的婚姻

◎陈菡英

如果说横道河子的俄式老建筑是一道道凝固的建筑美学，那么镶嵌在这些老建筑上，与它们同呼吸共命运形态各异的烟囱就是这种美学的一个个符号，它们和老房子一起栖身在这个被时间遗忘的小镇上。

如今，这些烟囱也成了摄影家和画家眼中的宠儿。

如果你进入到了俄式老街，那些烟囱——有着异国风情且身段优雅的烟囱——便会呈现在

高烟囱与矮烟囱

游人的眼前。它静默地矗立于房屋之上，早已被100年的风烟熏得变了色的身体，写满了岁月的风霜，也愈发显得厚重和深沉。它们也和它们的主体一样，迎接着太阳的朗照和月亮的抚摸，并且迎接着冬季最早的一片雪花和夏季最早的一滴雨。

春天，第一批从遥远的南方飞回来的燕子把

像三个娃娃的烟囱

它当成一株空心树，在其间筑巢垒窝。

这些各具特色的烟囱，有的是为厨房而建，有的是为壁炉而建。它们变化复杂，不但高低不同，错落有致，形状也变化多端。有的像高而尖的鸟

开嘴笑烟囱

烟囱与屋顶的关系是哲学

笼，有的低而粗壮，显得很敦实。材质也变化多端，有的完全用水泥制成，有的却用金属制成罩子，还有的，是完全的红砖结构，古朴而又文艺。

说起它们的形态，有的像古埃及匍匐在沙漠里的兽首，有的像阶梯一样错落排开，有的只是单纯的线与面的呈现。可是别小看这些烟囱，我觉得它们在艺术象征、空间设置和功能安排等方面，也一定有着深刻的文化印迹和浓厚的异国风情，反映了俄国人独特的人文传统和奇异的精神理念。

有「耳房」的老房子

◎陈蕊英

现如今，一些有钱人将横道河子保留比较完整的俄式老房子买下来，再把它装饰成原汁原味的俄罗斯风格民宿。很多游客来这里住上几天，就是为了体验一下纯俄式居住环境带来的异国情调。

我们敲开了一栋别墅式的老房子的门。看门的阿姨50多岁，五官长得还颇有点混血儿的模样。

我看到阿姨时心里暗自叫绝——这家的主人在选服务员时还是挺有宣传意识的，转念一想，

耳房应有的尺寸与模样

当年这里俄国人那么多，那么混血儿甚至是混血儿二代也不少就不是啥稀奇的事了。

老房子依旧采用了黄色和绿色的俄式经典配

双耳房建筑

色。主体的砖石房为米黄色，房子两边各延伸出来两间木板的“耳房”，漆成深深的绿色。每一个“耳房”都有能通往主房的门，中间由一条狭长的过道连接。

“耳房”这个词，我第一次听说时还有点纳闷。我以前的单位就是一座有“耳房”的老建筑，在哈尔滨有着“大石头房子”之称的当年中东铁路管理局办公大楼的对面。它的历史虽然没有中东铁路管理局办公大楼长，但在哈尔滨也算是年头不少的老楼了。

“耳房”，顾名思义，就是依附于一座房屋主体的两侧，也像是两只耳朵似的挂在主房屋两边，所以就称为“耳房”了。最典型的就是俄式老建筑，基本上都是有“耳房”的。它的构造不如主体房那么讲究，主体房一般都是用整齐的石头垒成，而“耳房”基本上就是简单的木板房，用来储存过冬用的蔬菜、煤、柈子之类不易放在太冷和太热地方的东西，作用相当于现在的小仓库。

所以，早年有“耳房”的人家通常是生活比较讲究、条件比较优渥的人家。

俄式老房子最主要的特征就是全木制地板。这木地板和如今市场上销售的地板块截然不同，基本上都是整体长方型的大地板，一间房屋用不了几块就能铺满。

在我的记忆中，我小时候住的老宅子也是用这样的长方型地板块，只是我家那时候的地板是酒红色的，如今这种颜色的地板已经不多见了。现在，我家老宅已经成了哈尔滨巴洛克风格建筑群被保护了起来。从那个时候的建筑风格也可以看出世界主流建筑文化的传播与承继，在这些随

前后耳房结构木屋

着中东铁路而兴起的城市中，也随着铁轨的延伸而渗透到了人们生活的日常中。

在房子内部，还可以看到一些奇怪的东西。

石头房子耳房样式

记得早年中央电视台一档旅游类的节目中常常可以看到主持人在介绍了一段世界各地的风土人情之后，通常会问这样的一句话：“那么问题来了，

原始耳房保留至今

观众朋友们，请你们猜猜这是做什么用的呢？”

在一面砖墙上面，星星点点地镶嵌着几个十字型的木扣，乍一看与墙体不太谐调，看管房子的阿姨告诉我们，那十字扣实际上是起着一个支撑墙体的作用。原来俄国人在建筑和工艺上的严谨与智慧也体现了文化意向。

古镇的『二泉映月』

◎田心中

最初，对于这个夹在大山缝隙里的小镇印象并不好。横道，像极了在山的褶皱里划开的一条横道道儿，两旁蓊郁的山好像被划痛了，高高隆起脊背，反把这一道伤口挤得弯弯曲曲。四周的群山，一年四季变换色彩，小镇却是永远不变的灰褐和明黄，像划开的伤口结成了刺目的疤痕。

20 年前，深冬时节，我认识了横道一个叫陈广治的人。他不仅双目失明，且长得瘦骨嶙峋，个子挺高，走路摇摇晃晃，像一副移动的骨架。

他命运多舛，失明的经历诡异不已，但内心却无比强大，自己开了一家杂货店，凭着除眼睛外其他感官惊人的感知力，养活着自己。

他在货架上取货、称秤、收银、找零等一系列魔术般的绝技，如果不是身临其境，绝不会感觉他是一个盲人。我们坐在暖暖的火炕上神侃，

20 世纪初叶建成的横道河子机车库模样

谈起他那奇诡的失明经历，他乐呵呵地，连比画带描述，说起横道的陈年旧事，更是眉飞色舞，言语里透着对这里的眷恋和热爱。偶尔，说到动情处，他会突然安静下来，从兜里掏出一块叠得四四方方的手帕，取下玻璃球似的“假眼珠”，在手帕里摩挲着，然后在脸前一扫，重新放进深

横道河子老站房

红的眼眶。

陈广治是看不到我的惊愕的，他对我说，我给你们拉段《二泉映月》吧。说完，便从炕里头摸索出一把磨得锃亮的胡琴，吱吱嘎嘎调下弦，一段缠绵且倔强的“二泉映月”从小院悠悠荡荡飘出……

透过这尊雕塑，我们仍能听见那首哀婉苍凉的曲子。

作为一个健全人，有时我们总是惊诧于那些看似不健全的人身上所迸发出来的生存力量，在常人的世界里，那几乎都是不可能实现的。但我们总是忘了那句老话：上帝给你关上一扇门的同时，总会

这台 20 世纪 30 年代日本产的机车停留在横道河子

中东铁路建设初期

有阳光渗透的历史，永远不会发霉。

打开一扇窗子——只不过，陈广治告诉我，打开这扇窗子的钥匙，只掌握在那些不屈服命运的灵魂手里。

多年后，我突然想起陈广治这个人，十年生死两茫茫，不思量，自难忘。我想，个人的命运有时就像一本书，一座城，他们所承载的故事寓意深刻，暗含着旋律，或急或缓，或高或低，就像陈广治那曲起转承合的“二泉映月”。

星空下的梦

◎王　艳

我对横道河子的记忆，是从小学一年级开始的。7 岁之前，她在我心中就是爸爸妈妈所在的远方，我无比渴望的一个叫家的地方。

爸爸部队转业后当了警察，后来调到当年最红火的企业——横道河子果酒厂。因为当医生的妈妈被选派去牡丹江进修学习，11 个月大的我被送到了柴河奶奶家，奶奶是街坊邻居中有名的热心肠，她与人为善的处世方式影响着我的一生。爸爸妈妈百忙之中回奶奶家看我，总会带几本《看

苍穹无尽，星光闪耀。

图识字》。听着刚会说话的我稚声稚气地念出“菠萝、荸荠、蛋”，就是他们最欣慰的事情。

7岁时，我回到了朝思暮想的家——横道河子。我的生活开始丰富多彩起来，家乡的河水清澈见底，鱼儿在河里游弋，岸上青草依依。家乡的山是郁郁葱葱的，我常挎个小篮子和邻居家姑姑去山上挖婆婆丁、荠荠菜、老山芹，采摘树上熟透的狗枣子、山丁子和可以做药材泡酒的五味子，

这条小街，留下了多少旅人的印记。

馋嘴的我一不小心就被山茄子染紫了嘴唇。

我是班里为数不多订阅期刊的学生，妈妈先后给我订了《小朋友》《儿童时代》《少年文艺》等杂志。回到横道河子的家，我仿佛进入了一座宝藏，原本有些敬畏生疏的爸爸妈妈居然藏书颇丰，家里虽然没有书柜，但成套的《李自成》《镜花缘》《官场现形记》《西游记》等横七竖八地散落在房间的各个角落。当然也少不了外国名著，我爱不释手的是那本《鲁滨逊漂流记》，几乎快被我翻烂了，导致现在的我还时常幻想能捡到一个勤劳勇敢的“星期五”，无微不至地照料我的饮食起居。

琼瑶的言情小说和金庸、古龙、梁羽生的武侠小说流行的时候，横道河子东山有了第一家书报亭，租一本小说回来看一天几毛钱价格不等。当时中考在即，家长都防琼瑶阿姨的小说如猛虎，然而却阻挡不了少男少女们对言情小说的向往，我常常打着手电筒在被窝里偷偷看小说，并为此

光阴不老，我就在这儿一直等候。

百年车轮，承载的是历史和文化。

付出了近视的代价。那个时期我通读了琼瑶阿姨所有的作品，她直接影响了我后来的写作风格。

曲波先生的一本《林海雪原》和一部京剧样板戏《智取威虎山》让海林市走向了全国，乃至全世界。1998 年 5 月，横道河子筹建了威虎山影视城，吸引了无数影视剧组和游人来感受战斗英雄杨子荣当年“穿林海跨雪原，气冲霄汉”的豪迈情怀。

如果有一天，您信步走进当年土匪猫冬的地方——五合楼大酒店，温婉热情的女主人会迎出

没有大雪的横道哪有童话故事诞生

横道河子最古老的俄式教堂

在横道河子，威虎山影视城再现了当年土匪老巢的情景，尤其五合楼酒店，将东北山林文化融合得淋漓尽致。

来地跟您对暗号“天王盖地虎”，这时您不要以为自己穿越了，这位幽默可爱的老板娘就是我亲爱的老妈妈。年近古稀的爸爸妈妈依然精神矍铄，为家乡的旅游事业发挥着余热。

2017 年，有“西洋画里的俄罗斯城堡”之美誉的横道河子火车站，被网友评为全国十大最美

一块幌子在风中摇摆，隐喻了太多难以启齿的故事。

火车站。记忆中小镇上唯一的外国人老果列，他是一位具有贵族特质的老人，穿戴整洁，黄头发，黄胡子。老一辈人说他常拿着一张 20 世纪 30 年代拍摄的横道河子全景照片给别人看，他的内心应该是孤独而又苍凉的，因为，他见证了百年老镇的盛世繁华。

华灯初上，漫步在横道河子老街，就有了时空穿越感，踽踽独行在俄式建筑群之间，恍如走进《静静的顿河》某段环境描写。那悠扬的手风琴，伤感而又坚韧，它仿佛是等待一场不期而遇的大雪，在万籁俱寂的星空下，梦犹如东正教堂的钟声，让曾经飘忽的心灵得到净化。

开往旧光阴的火车

◎马如营

我的大半人生，都与火车有着不解之缘。即便现在的工作，仍然与铁路息息相关。

8岁那年，绿火车把我从淮北平原拉到了一个叫“小白”的地方，它是哈佳铁路线上很平常的三等车站，然而它的重要性不敢小觑，每天都要为上下行火车注水加煤。

白天，父母要外出讨生活，没人顾及小破孩的感受，我独自钻进堆满大木头的贮木场，那里有条铁路专用线，常有一台守车停靠在那里，和我一样寂寞地挨过时光。我在守车里撒欢、睡觉，双手撑起下颚，望窗外云升云降，刮风下雨，甚至想山外的世界该是什么样子。可怜的孩子，就这样在守车里度过了苦涩且欢愉的童年。后来，我发表在《天津文学》的小说《守车长》，就有那段时光的记忆。

我和她也是在火车上邂逅的。那天，她坐反

天造物化，鬼斧神工，这就是雪乡美的唯一。

挂有守车的火车

了方向，我们的故事被作家北村写进小说，后来成就了导演孙周——《周渔的火车》，当然，也成就了好哥们孙红雷的明星梦。人生，至少要有一次失恋的际遇，否则不足刻骨铭心和悲悯未来。张爱玲说，如果不认识胡兰成，我仍然青涩得像只半熟不熟的苹果。

人生有许多无法解释的心理暗示，我曾经有N多次一个人搭乘火车，在横道河子下车，裹挟着风雪，漫无目的踽踽独行在老街上，用孤独的内

20 世纪 30 年代，每小时可达 130 公里的特急列车“亚细亚”号抵达绥芬河。

心与斑驳的小镇对话、对视，它就像一盘老唱片，只要有人倾听，依然能划出透彻心扉的音调。是的，有经验的人、疗伤的人、“避世”的人，一定要选择在冬天去横道河子，只有 12 月滔滔的大雪，才能让旅人缱绻在火炉旁，静下来默默地感受自己的过往，或者酣畅地醉一次。

雪中的横道河子别有韵味，北方的雪是南方的雨无法企及的，童话故事只能在雪堡中诞生，雨的世界会让爱的胭脂七零八落。横道的雪与其他地方的雪有本质上的迥异，以老车站的站房为界，沿着蜿蜒的中东铁路向南 300 余公里，就是浩瀚的日本海，海洋的暖湿与西伯利亚寒流在横道河子方圆百公里交汇，行成了粘稠性的“雪质”，它以不同的造型，悬挂或者附着在物体上，给人以无尽美感。徜徉在横道，每一段铁轨，每一块

当年挂在火车最后一节的守车，里面的守车长手持红蓝旗，为长途运送货物的货车发出前进或者停靠的旗令。

冰河雪原，旧光阴开走了不再回来。

砖瓦，每一栋建筑，每一盏欧式街灯，甚至每一扇窗子、合页、门锁、挂钩，都与百年前中东铁路密不可分，留存着旧光阴的温度。

旧光阴是列火车，所有的经历都是一座小站。我喜欢夜行的列车，尤其是在雨打芭蕉的夏夜，那萤火虫一样的车窗，划过温馨神秘的山谷、桥隧，飘逝在湿漉漉的远方，就有了诗意。这时，一个人躺在卧铺上，关掉灯光，戴上耳机，反复听阿桑的《寂寞在唱歌》，在泪湿衾枕中，人就长大了，坚强了。因为，转过身的伤感就是深沉。